POPS
HUMPF

DIE MÜLLERS

FAMILIENGLÜCK

FeestComics

Pierre Seron wurde 1942 in Chénée, Belgien, geboren. Im Alter von fünfzehn Jahren begann er seine künstlerische Ausbildung am Institut Saint-Luc de Bruxelles. Fünf Jahre später, 1962, wird er von Dino Attanasio in dessen Studio geholt, wo er an den Serien *Spaghetti* und *Modeste & Pompom* (dt. *Mausi & Paul*) mitarbeitet. 1966 wird Seron Assistent des Zeichners Mittei und realisiert für ihn die Dekors zu *Desiré, Prudence Petitpas* und *Ric Hochet* (dt. *Rick Master*). Im folgenden Jahren erscheint im Magazin *Spirou* die erste Episode seiner mittlerweile über 30 Bände umfassenden Serie *Les Petits Hommes* (dt. *Die Abenteuer der Minimenschen*). Zwischen 1973 und 1976 läßt Seron sich auf ein Intermezzo bei dem Jugendmagazin *Pif* ein und veröffentlicht dort unter dem Pseudonym Foal, das er auch schon während seiner Zeit bei Mittei benutzt hatte, die 1-4seitigen Gags um *La famille Foal* (dt. *Die Müllers*). Diese Serie wird dann ab 1990 unter dem neuen Titel *La famille Martin* in Albenform veröffentlicht. 1978 entsteht schließlich für *Spirou Aurore et Ulysse* (dt. *Die Zentauren*).
Seron, der zu Beginn der 60er Jahre von seinem Hausverlag Dupuis als Nachfolger Franquins an der Serie *Spirou & Fantasio* aufgebaut wurde, was aber letztendlich an Intrigen und Eifersüchteleien scheiterte, gehört zu den typischsten und besten Vertretern der klassischen Schule Marcinelle.

1. Auflage
FEEST COMICS
Postfach 101245, 7000 Stuttgart 10
Übersetzung aus dem Französischen: Bernd Leibowitz
Chefredaktion: Michael Walz
Verantwortlicher Redakteur: Georg F.W. Tempel
Lettering: Jo Knauf
Gestaltung: Wolfgang Keller
Originaltitel: «La famille Martin – 1»

Druck und Verarbeitung: Graph. Großbetrieb, Pößneck
ISBN 3-89343-090-3

Gedruckt auf chlorfreiem Papier
Umschlagveredelung mit umweltverträglichem Lack

DAS WASSERSCHLOSS

MAN FINDET EIN PASSENDES PLÄTZCHEN...
BITTE NICHT KNICKEN...
S.V.P.
ZERBRECHLICH
IST DAS RIESIG! DAS WIRD SICHER SCHÖN!
ES MUSS... BEI DEM, WAS ES GEKOSTET HAT!
ICH UND MEINE TOLLEN IDEEN... ICH KÖNNTE MICH OHRFEIGEN... ICH HABE DAS UNBESTIMMTE GEFÜHL, DASS FÜR DIESE BASTELEI MEIN GANZER URLAUB DRAUFGEHT!
HIMMIHERRGOTTSACKZEMENT! DER BAUPLAN LIEGT NATÜRLICH UNTER DEN GANZEN TEILEN!
NICHT SEHR ÜBERSICHTLICH, DIESE GEBRAUCHSANWEISUNG... WOMIT FANGE ICH DENN JETZT AN?
„OPERATION NUMMER 1: LEGEN SIE DAS TEIL MIT DER NUMMER 1 FLACH AUF EINEN EBENEN UNTERGRUND." ACH, WERDE ICH MICH AMÜSIEREN!
1
2

TEIL 19... ACH JA, DAS GEHÖRT AN DIE NUMMER 36!
UND SO VERGEHEN DIE TAGE...
DOCH EINE WOCHE SPÄTER...
UFF, GESCHAFFT... VOM ARCHITEKTONISCHEN STANDPUNKT BETRACHTET, IST ES WOHL HÖCHSTENS DURCHSCHNITT... ABER ALS „PUPPENHAUS" IST ES WIRKLICH SUPER!
3

KINDER!
IHR KÖNNT GUCKEN KOMMEN... ICH BIN FERTIG!
FÜR EUCH, KINDERCHEN... MÖGT IHR IN DIESEM SCHLÖSSCHEN UNVERGESSLICHE STUNDEN VERBRINGEN? ... UND HERZLICHEN GLÜCKWUNSCH, MEINE KLEINE DIANE!
WIE GLÜCKLICH SIE SIND!
ÖHH! WIE GROSS ES IST... UND WIE SCHÖN!
KOMMST DU SPIELEN?
ACH JE! ES FÄNGT AN ZU REGNEN... JCH GLAUBE, WIR GEHEN BESSER REIN!
WAS? WIR KÖNNEN NICHT SPIELEN?
ACH, WIE SCHADE!
PAH! DAS MACHT DOCH NICHTS... EUER SCHLOSS FLIEGT SCHON NICHT FORT... ES WIRD BLOSS EIN BISSCHEN FEUCHT! ALSO, INS HAUS MIT EUCH... ES FÄNGT GEWALTIG AN ZU GIESSEN!
SAG MAL, VATI! AUS WAS IST DAS SCHLOSS DENN GEMACHT?
AUS KARTON... GUTEM, TROCKENEM KARTON... WARUM DENN?
WEIL ES NÄMLICH GANZ AUFWEICHT!
UND JETZT GEHT DIE LUFT RAUS WIE AUS EINEM ALTEN FAHRRADSCHLAUCH ...
BROF

MALER - MALÖR

... UND DA HABE ICH MIR GESAGT, WARUM SOLLTE ICH DIR NICHT HELFEN, DEIN HAUS FRISCH ANZUMALEN ...
MENSCH, TOLL! ICH ZIEHE MICH NUR RASCH UM. DANN GEHT'S LOS!
HIER IST DAS MATERIAL. FARBE FÜR DIE AUSSENWÄNDE UND FÜR DIE FENSTERLÄDEN!
GUT! UND AUF WELCHER SEITE SOLL ICH ANFANGEN?
GEH NACH HINTEN, DA IST ES AM EINFACHSTEN!
BIS SPÄTER! WIR TREFFEN UNS HEUTE ABEND AUF DER ANDEREN SEITE DES HAUSES!
ALSO DANN... BIS HEUTE ABEND!
DIESER MAX! WAS HAT ER DA BLOSS FÜR EINE FARBE GENOMMEN... EINFACH KEIN GESCHMACK!
NA JA... IST ZUM GLÜCK NICHT MEIN HAUS!
UND AM ABEND...
GUTE ARBEIT! IN FÜNF MINUTEN STOSSEN WIR ZUSAMMEN!
NEIN!
DU WIRST MIR DOCH NICHT SAGEN WOLLEN, DASS DU ALLES MIT DEM GRÜN FÜR DIE FENSTERLÄDEN GESTRICHEN HAST?!
ÖÖHH!...

KÜNSTLERPECH (FORTSETZUNG)

IM WALD, DA SIND DIE RÄUBER

SICHER IST ER BEWAFFNET! LAUF, MEIN KLEINER... ER DARF UNS AUF KEINEN FALL KRIEGEN...
JA, GENAU...
ER LÄUFT MIT DEM KLEINEN DAVON! TEUFEL... SO EIN SCHWEIN!!!
NICHT STEHEN-BLEIBEN! WEITER!
ECHT? ICH DARF WIRKLICH WEITER?
?!
PLOUF
HE! WAS... WAS MACHST DU DENN DA? NEIN!
TAUSEND TEUFEL... ER HAT DEN JUNGEN IN DEN TEICH GEWORFEN...
PLOUF
NEIN, SIE GEHEN RÜBER!
DU SAGST ES...
MIT DIR IST ES NICHT LANGWEILIG! ICH WILL IMMER BEI DIR BLEIBEN! SCHNELLER, KUTSCHER!
AHA! GENAU DAS, WAS ICH BRAUCHE...
SERON '75
2

ICH KRIEG EUCH! IHR ENTKOMMT MIR NICHT!
SCHNELL, ER HAT UNS GLEICH! ICH WILL NICHT EINGEFANGEN WERDEN!
MACH DIR KEINE SORGEN!
DA! SCHAU DOCH, KLEINER! CHRISTOPHERUS IST MIT UNS...
BLUB, BLUB, BLUB
BLUB BLUB BLUB BLUB BLUB BLUB
GLEICH BIST DU IN SICHERHEIT! BIS DER AUS DEM WASSER KOMMT, SIND WIR WEIT WEG...
TOLL!
JETZT SAGST DU MIR, WO DU WOHNST, DANN BRINGE ICH DICH NACH HAUSE!
NEIN!
NEIN?! ABER WIESO DENN NICHT?
ICH WILL BEI DIR BLEIBEN. WIR HABEN VIEL SPASS ZUSAMMEN!
SAG MAL, WIR KÖNNTEN DOCH COWBOY SPIELEN... DU BIST DAS PFERD UND TRÄGST MICH AUF DEINEN SCHULTERN...
?
ICH... ICH GLAUBE, WIR HABEN JETZT KEINE ZEIT FÜR PFERDESPORT... DA HINTEN KOMMT DER VERBRECHER GELAUFEN!
WENN DU MICH NICHT REITEN LÄSST, DANN GEH ICH AUCH NICHT WEITER... ER WIRD MICH FANGEN UND SCHLAGEN!
JETZT IST NICHT DER MOMENT FÜR LAUNEN! ALSO KOMM SCHON...
ALLES DEINE SCHULD!

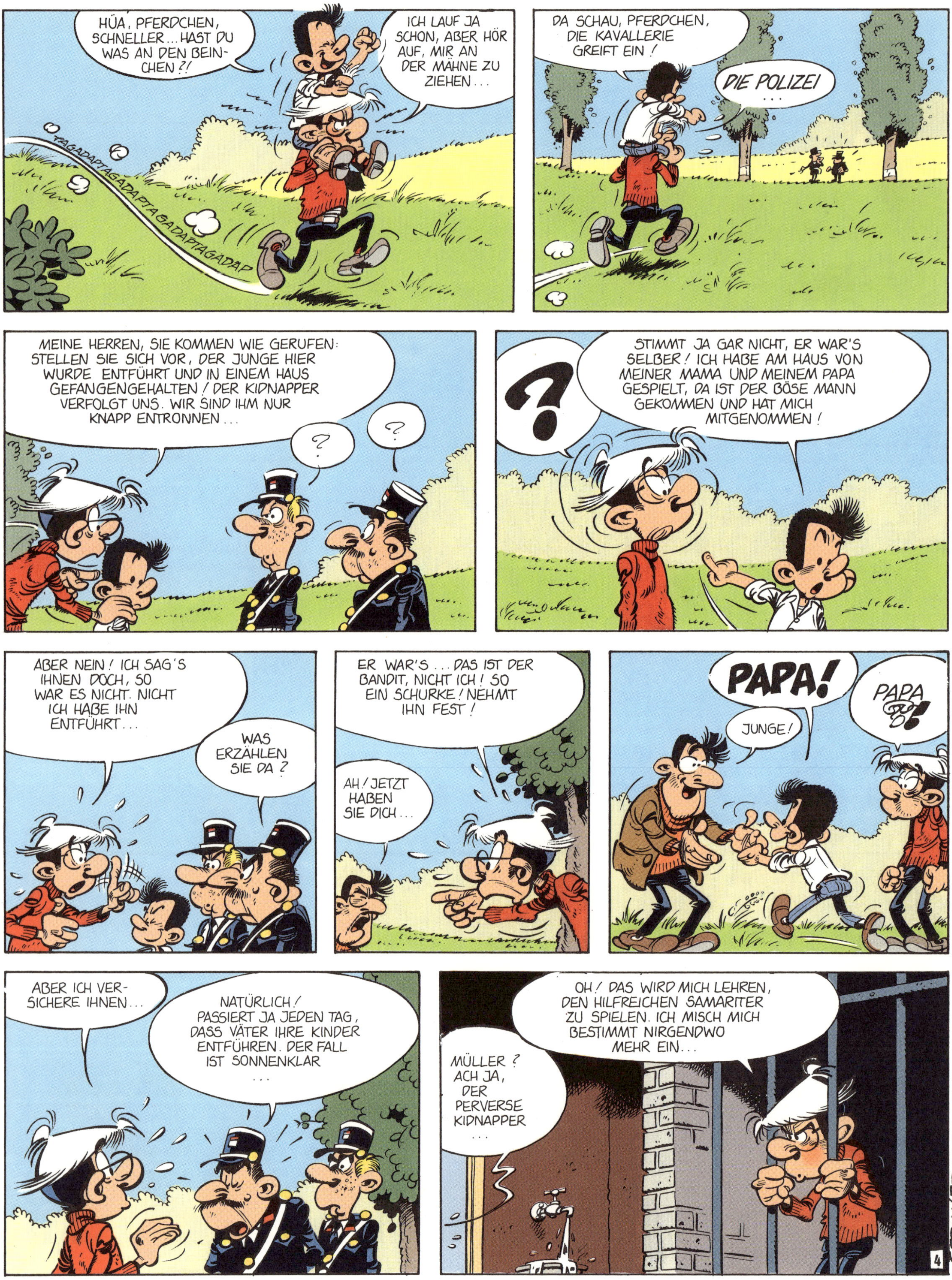
HÜA, PFERDCHEN, SCHNELLER... HAST DU WAS AN DEN BEINCHEN ?!
ICH LAUF JA SCHON, ABER HÖR AUF, MIR AN DER MÄHNE ZU ZIEHEN...
TAGADAPTAGADAPTAGADAPTAGADAPTAGADAP
DA SCHAU, PFERDCHEN, DIE KAVALLERIE GREIFT EIN !
DIE POLIZEI ...
MEINE HERREN, SIE KOMMEN WIE GERUFEN: STELLEN SIE SICH VOR, DER JUNGE HIER WURDE ENTFÜHRT UND IN EINEM HAUS GEFANGENGEHALTEN ! DER KIDNAPPER VERFOLGT UNS. WIR SIND IHM NUR KNAPP ENTRONNEN...
?
?
?
STIMMT JA GAR NICHT, ER WAR'S SELBER ! ICH HABE AM HAUS VON MEINER MAMA UND MEINEM PAPA GESPIELT, DA IST DER BÖSE MANN GEKOMMEN UND HAT MICH MITGENOMMEN !
ABER NEIN ! ICH SAG'S IHNEN DOCH, SO WAR ES NICHT. NICHT ICH HABE IHN ENTFÜHRT...
WAS ERZÄHLEN SIE DA ?
ER WAR'S... DAS IST DER BANDIT, NICHT ICH ! SO EIN SCHURKE ! NEHMT IHN FEST !
AH ! JETZT HABEN SIE DICH...
PAPA !
JUNGE !
PAPA
ABER ICH VERSICHERE IHNEN...
NATÜRLICH ! PASSIERT JA JEDEN TAG, DASS VÄTER IHRE KINDER ENTFÜHREN. DER FALL IST SONNENKLAR...
MÜLLER ? ACH JA, DER PERVERSE KIDNAPPER...
OH ! DAS WIRD MICH LEHREN, DEN HILFREICHEN SAMARITER ZU SPIELEN. ICH MISCH MICH BESTIMMT NIRGENDWO MEHR EIN...
4
SERON '75

DEM INGENÖR IST NICHTS ZU SCHWÖR

ZWEI TAGE SPÄTER . . .
HANS-PETER!
?
WARST DAS NICHT DU, DER BEHAUPTET HAT, SEIN VATER HABE WENIGER GRIPS ALS SO EIN WERNHER VON DINGSBUMS ? PASS NUR AUF, ICH WERD'S DIR BEWEISEN !
BEWUNDERE DAS WERK MEINER HÄNDE: ZWEI ALTE KANISTER UND EIN TOPF, EINE MENGE ALTEN GERÜMPELS, WIE MAN ES GERADE FINDET, UND MEIN SUPER- SPEZIALBENZIN . . . IST SIE NICHT SCHÖN GEWORDEN ?
MÜLLER MEIERSTR.
ECHT SU-PER ! UND DU GLAUBST WIRKLICH, DASS SIE FLIEGEN WIRD ?
WAS HEISST DA „GLAUBST DU WIRKLICH" ?! NATÜRLICH FLIEGT SIE, GERADEWEGS IN DIE STRATOSPHÄRE . . . DAS HIRN EINES MÜLLER MACHT KEINE FEHLER !
GEH IN DECKUNG ! DER COUNTDOWN LÄUFT !
EI, EI, EI !!
3... 2... 1 GO!
FCHUUIIII

DU HAST'S GESCHAFFT, PAPA! DU BIST EIN ECHTER RAKETEN-TECHNIKER!
DAS WILL ICH MEINEN: ICH HABE SOGAR AN EINE FERNBEDIENUNG GEDACHT! HAHAHAHA! ... WAS WÜRDE DEIN GUTER WERNHER DAZU SAGEN?
LOOPING...
FÜR DEN UNWAHRSCHEINLICHEN FALL, DASS SIE MIR DURCHGEHEN SOLLTE, HABE ICH MEINEN NAMEN UND ADRESSE DRAUFGESCHRIEBEN. SO KRIEG ICH SIE AM SCHNELLSTEN WIEDER.
8 HORIZONTAL ...
HE! ABER... WAS IST JETZT LOS? DIE FERNSTEUERUNG KLEMMT... DAS IST WIRKLICH NICHT DER RECHTE MOMENT... HIMMIHERRGOTTSACKZEMENT!
DA SCHWIRRT SIE AB...
3

TAUSENDTEUFELINDERHÖLLENOCHMAL!!! MAN KANN SICH DOCH IN DIESEM HAUS EINFACH AUF NIEMANDEN VERLASSEN...
PAPA! HAST DU KEINE ANGST, DASS SIE VIELLEICHT AUF EIN HAUS FÄLLT?
KEINE GEFAHR! SIE IST IN RICHTUNG MEER VERSCHWUNDEN... WÜRDE MICH ÜBERRASCHEN, WENN SIE DORT JEMAND FINDET!
HAT EINER VON EUCH ERKENNEN KÖNNEN, WAS UNS DA AUFS DECK GEKNALLT IST?
JA, ICH, HERR KOMMANDEUR... ICH WÜRDE SAGEN, EINE ART KLEINE RAKETE!
HERR KOMMANDEUR... AUF EINEM DER TRÜMMER STEHT DIE ADRESSE DES KERLS! SICHER EIN VERRÜCKTER!
NA, DEM WERDEN WIR EINE RECHNUNG SCHICKEN!

REINFALL MIT FLASCH

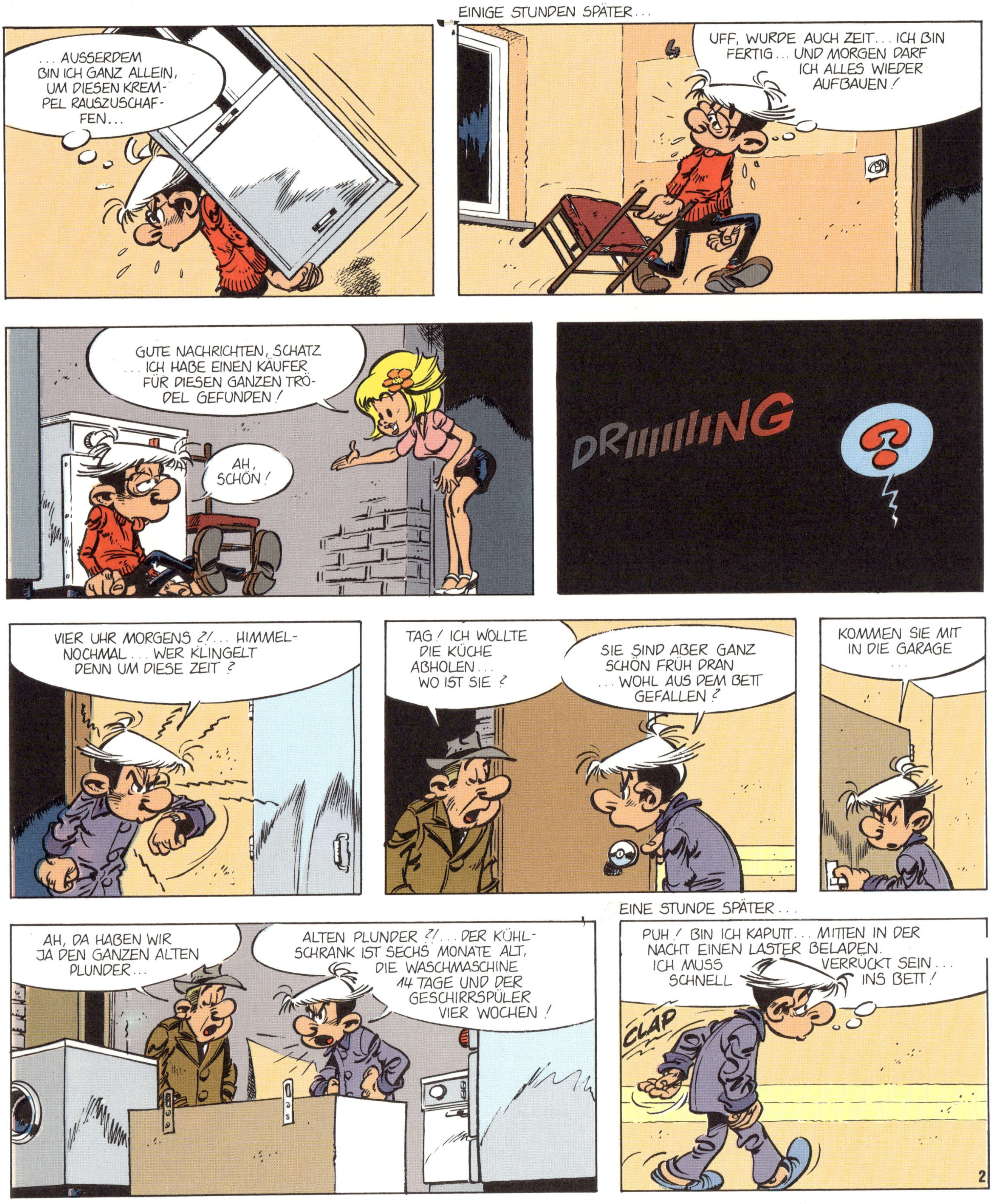
... AUSSERDEM BIN ICH GANZ ALLEIN, UM DIESEN KREMPEL RAUSZUSCHAFFEN...
EINIGE STUNDEN SPÄTER...
UFF, WURDE AUCH ZEIT... ICH BIN FERTIG... UND MORGEN DARF ICH ALLES WIEDER AUFBAUEN!
GUTE NACHRICHTEN, SCHATZ ... ICH HABE EINEN KÄUFER FÜR DIESEN GANZEN TRÖDEL GEFUNDEN!
AH, SCHÖN!
DRIIIIIIING
VIER UHR MORGENS ?!... HIMMELNOCHMAL... WER KLINGELT DENN UM DIESE ZEIT?
TAG! ICH WOLLTE DIE KÜCHE ABHOLEN... WO IST SIE?
SIE SIND ABER GANZ SCHÖN FRÜH DRAN ... WOHL AUS DEM BETT GEFALLEN?
KOMMEN SIE MIT IN DIE GARAGE ...
AH, DA HABEN WIR JA DEN GANZEN ALTEN PLUNDER...
ALTEN PLUNDER ?!... DER KÜHLSCHRANK IST SECHS MONATE ALT, DIE WASCHMASCHINE 14 TAGE UND DER GESCHIRRSPÜLER VIER WOCHEN!
EINE STUNDE SPÄTER...
PUH! BIN ICH KAPUTT... MITTEN IN DER NACHT EINEN LASTER BELADEN.
ICH MUSS SCHNELL VERRÜCKT SEIN... INS BETT!
CLAP
2

ICH BIN DER EINZIGE SIMPEL, DER UM DIESE NACHTZEIT NICHT MEHR SCHLÄFT... ICH HABE NIEMANDEN DRAUSSEN GESEHEN!
ADALBERT!...
?
ICH KANN KEIN AUGE ZUTUN... SAG, WAS GLAUBST DU, WIE DIE NEUE KÜCHE WOHL AUSSIEHT?
HMPF!?
WELCHE ANTWORT ERWARTEST DU JETZT...? MACH DIE AUGEN ZU UND WART AB... HABT IHR EUCH ALLE MITEINANDER VERSCHWOREN, MICH WACHZUHALTEN?! MACH ENDLICH DAS LICHT AUS!
ABER, SCHATZ...
NA JA, WENN DU MEINST... ICH WOLLTE DICH DOCH BLOSS ÜBERRASCHEN...
CLIC
DIE SCHÖNSTE ÜBERRASCHUNG FÜR MICH WÄRE EIN PAAR STUNDEN UNGESTÖRTER SCHLAF!
GUT, WIE DU WILLST!
WAS HAST DU EIGENTLICH MIT „ÜBERRASCHEN" GEMEINT?
CLIC
ICH SOLL ETWAS VON „ÜBERRASCHEN" GESAGT HABEN...?
MACH LIEBER DAS LICHT AUS UND LASS MICH IN RUHE VON „MEINER" NEUEN KÜCHE TRÄUMEN!
AUF EINE NACHT VOLLER UNRUHE FOLGT EINE SCHWERE PROBE FÜR DIE NERVEN...
ES... ES HAT GEKLINGELT!! SIND SIE...
NEIN, BLOSS DER BRIEFTRÄGER!
DRIIING!
GEGEN ENDE DES NACHMITTAGS...
GERDA! DA SIND SIE... EIN LASTER MIT DER AUFSCHRIFT „FLASCH" ... DIE NEUE KÜCHE WIRD GEBRACHT!
3

MÜLLER ? SIND SIE DAS ? ICH HAB'NE LIEFERUNG FÜR SIE. HAM SE IHREN GEWINNSCHEIN DA ?
JA, DA IST ER...
flasch
ALLES KLAR ! DANN WOLLEN WIR DEN GANZEN KREMPEL MAL ZUSAMMEN ABLADEN, WA ?
SPÄTER...
SIE IST UMWERFEND !
JA, SIE IST TATSÄCHLICH SEHR SCHÖN...
LEBHAFTE FARBEN... HARMONISCHE GESTALTUNG... UND TROTZDEM IST SIE SO ETWAS VON FUNKTIONELL !
?
DRIIING
MEIN HERR, DAS IST NIEDERTRÄCHTIG... AUF IHREM GEWINNSCHEIN STIMMT KEINE EINZIGE ZIFFER... AUCH NICHT IN UMGEKEHRTER REIHENFOLGE !
ABER... ABER...
ICH MUSS SIE BITTEN, JEDES EINZELNE MOBILIAR SOFORT UND UNVERSEHRT ZURÜCKZUERSTATTEN...
A...A... ABER... WIR HABEN UNSERE ALTE KÜCHE DOCH SCHON VERKAUFT !!
GLUB
NICHT VIEL SPÄTER...
DRIING DRIING
WAS GIBT'S DENN, EUGEN ? BRENNT ES AUF DEM GELÄNDE DER „FLASCH"-WERKE ?
NEIN, HERR DIREKTOR... DA IST EIN VERRÜCKTER...
...DER DEN GANZEN WASCHMITTELVORRAT MIT EINEM SCHLAUCH UNTER WASSER SETZT... ER SAGT, ER SEI DABEI, DIE FOLGEN EINER MEINUNGSVERSCHIEDENHEIT AUSZUWASCHEN... WAS MACH ICH DENN BLOSS ?
DAS IST FÜR EUCH UND EURE KÜCHE, IHR SCHAUMSCHLÄGER...
flasch
SERON '74.
4

MÜLLER, DER RASENDE FOTOREPORTER

ICH BIN VÖLLIG DURCHNÄSST! ABER ZUM GLÜCK IST MEINER KAMERA NICHTS PASSIERT! DAS WÄRE EIN UNERSETZLICHER VERLUST...
SPLITCH
SPLITCH
SPÄTER...
WELCH RÜHRENDE SZENE...
CLIC
CLIC
GROINC...
??
GROINC
CLIC
PLATZ!... INS KÖRBCHEN ...HUSCH!
...WER HÄTTE GEDACHT, DASS FOTOGRAFIEREN SO EIN GEFÄHRLICHER SPORT SEIN KANN?...
NOCH ETWAS SPÄTER...
CLIC
GROÂRR
?!
HEHE? MIR WAR DOCH FAST SO, ALS HÄTTE ICH DAS BRÜLLEN EINES LÖWEN GEHÖRT... GIBT'S DAS?
2

ICH... ICH BIN WOHL EIN GANZ SCHÖNES STÜCKCHEN GEWANDERT... ABER A... AFRIKA, DAS IST DOCH NICHT MÖGLICH...!??
WAS MACH ICH JETZT? SAG ICH „BITTE RECHT FREUNDLICH", ODER WAS?
NEIN... BESSER ICH MACH MICH AUS DEM STAUB... FÜR EIN PORTRÄT MIT BISS HAT ER MIR EIN BISSCHEN ZUVIEL BISS!
CLIC
BOF
SULTAN! LASS DEN HERRN IN FRIEDEN... DU WEISST, DU BIST AUF DIÄT GESETZT! NUR GRÜNES GEMÜSE!
JA UND? ER IST DOCH GANZ GRÜN, ODER?
ENTSCHULDIGEN SIE DAS TIERCHEN, WERTER HERR. SEINE GEMÜSEDIÄT MACHT IHN ETWAS NERVÖS. SIE SCHLÄGT IHM AUF DEN MAGEN...
GLAU... GLAUBEN SIE?
HAHAHA! VON KLEINEN MISSGESCHICKEN ABGESEHEN, GEHÖRE ICH SICHERLICH ZU DEN „GROSSEN" AUF MEINEM GEBIET, TALENTIERT UND KALTBLÜTIG...
...EIN ANDERER HÄTTE BESTIMMT SCHON DIE FLINTE INS KORN GEWORFEN! VOR DEN AUFNAHMEN IN MEINEM KASTEN ERBLASSEN DIE BESTEN FOTOGRAFEN VON FRANKREICH, BELGIEN UND LUXEMBURG...
CLIC
DEPP!
...WENN ICH MIT MEINEN AUFNAHMEN NICHT ALLE INTERNATIONALEN FOTOPREISE GEWINNE, BEWERBE ICH MICH ALS VERTRETER FÜR SICHERHEITSNADELN IN PAPUA-NEUGUINEA!
CLIC
3

DAS IST DAS LETZTE BILD AUF DEM FILM ... SAG DOCH MAL „CHEESE", MEINE SCHÖNE!
CLIC
SO! DER FILM IST VOLL! ... EIN WAHRES KLEINES MEISTERWERK!
WIE FREUE ICH MICH AUF DIE NEIDISCHEN GESICHTER ALL DIESER ZWEITKLASSIGEN FOTOGRAFEN, DIESER FILMVERSCHWENDER, DIE EIFERSÜCHTIG ...
... ZUSEHEN MÜSSEN, WIE MIR DER VORSITZENDE DER JURY DIE TROPHÄE ÜBERREICHT. DAZU EINEN GROSS-ZÜGIGEN SCHECK ...
... DEN ICH, AUF DER HÖHE MEINES RUHMS, DEN VERTRETERN EINER WOHLTÄTIG-KEITSORGANISATION ÜBERREICHE, WÄHREND DIE MENGE KLATSCHT UND JUBELT ...
UND ICH WERDE SAGEN: „NEHMT, MEINE GUTEN, FÜR EURE ARMEN UND KRANKEN ... UND SAGT MIR KEINEN DANK, ICH BIN NUR EIN GROSSES, GUTHERZIGES GENIE ..."
... UND WÄHREND ICH ALL DIE HÄNDE SCHÜTTLE, DIE SICH MEINER ERHABENEN PERSON ENT-GEGENSTRECKEN, FÜGE ICH HINZU: ...
BEI ALLEN GUTEN GÖTTERN!
MEIN FILM!
PLOUF
ICH BIN OHNE ZWEIFEL EIN WAHRES GENIE, ABER LEIDER AUCH EIN SCHRECKLICHER TRAMPEL!!...
... LEBT WOHL, IHR KÜHE, GELIEBTE REHLEIN, IHR WILDSCHWEINE. LEBT WOHL! SCHILLER
4 SERON et CRIGRI. '77.

DAS GRÜNE WUNDER

PARDON... WAS HABEN SIE GESAGT?

SCHNARCH ... SCHNARCH

FARBHARMONIE

UND HOPP! AUSGEBESSERT UND UNSICHTBAR...
?!?
EINIGE WENIGE PINSELSTRICHE SPÄTER...
UFF! DAS HÄTTEN WIR... DREI PINSEL HABE ICH SCHON GEBRAUCHT...
ICH BIN ZERSTREUT! ICH MUSS BESSER AUFPASSEN UND ZUSEHEN, DASS ICH...
...UNFÄLLE VERMEIDE!!!
?!
1/2 STUNDE SPÄTER...
AAARH!

LOZ
PEINTO
FARB
GAL
UFF! FERTIG! EIN NEUER TEPPICHBODEN WAR EIGENTLICH NICHT VORGESEHEN IM PROGRAMM...
DIE SACHE FÄNGT AN, TEUER ZU WERDEN...
BAM
MÖRDER!
LUFTVERSCHMUTZER!
NA-EIN!
?
PLOF

ZWÖLF DOSEN FARBE SPÄTER . . .
UFF ! FERTIG ! WENN ICH MIR DAS ERGEBNIS ANSEHE, DANN HABEN SICH DIE EXTRA-AUSGABEN SCHON GELOHNT !
GERDA WIRD HIN- UND HERGERISSEN SEIN ! SCHNELL AUFRÄUMEN, BEVOR SIE NACH HAUSE KOMMT !
GRMMBLUUB !
BANG
AM NÄCHSTEN TAG . . .
?!. . . MUSS WOHL HIER SEIN ! SO KANN MAN SICH NICHT TÄUSCHEN !
SCRATCH SCRATCH SCRATCH
ABER WENN ICH MIR DAS ANGUCKE . . . OJEOJEOJE !
PEINT
DER KUNDE SCHEINT 'NE GANZ SCHÖNE MEISE ZU HABEN ! SOLL ICH DAS WIRKLICH ALLES ÜBERSTREICHEN !
MÜLLER . . . IST DAS HIER RICHTIG ? ALSO EHRLICH, ICH BIN SCHON DREISSIG JAHRE IM GESCHÄFT, ABER SO WAS HAB ICH NOCH NICHT GESEHEN !
. . . WIRD NICHT BILLIG !
SERON '74
4

WÜRG!

MENSCH! HEUTE HABEN DIE ABER 'NEN SUPER-GIMMICK... DA MUSS ICH PAPA FRAGEN, OB ER MIR HILFT!...
XAT
DAS IST EIN ÜBERRASCHUNGS-GIMMICK... ES DAUERT FÜNF STUNDEN, DANN GEHEN DIE EIER RICHTIG AUF, UND ES SCHLÜPFT WAS AUS... ICH BIN GESPANNT, WAS DAS IST!
DAS WIRST DU MORGEN SEHEN. INZWISCHEN KÖNNEN WIR IN RUHE ALLES VORBEREITEN...
PAPA, KANN ICH DEN BEUTEL JETZT AUFSCHNEIDEN UND DIE EIER INS WASSER SCHÜTTEN?
JA... ICH DENKE, DAS WASSER SOLLTE REICHEN...
WARTE MAL HIER AUF MICH, SOHNEMANN, ICH HOL SCHNELL NOCH EIN PAAR WACHSTUMSMITTELCHEN...
TARTINI
VITAMINE, STÄRKUNGSMITTEL, PLANKTON UND ANDERE SACHEN, DIE GUT SIND FÜR UNSERE KLEINEN...
PLIC PLIC PLIC
KOMM, LASSEN WIR DIE TIERCHEN IN RUHE UND ABGESCHIEDENHEIT DAS LICHT DER WELT ERBLICKEN. MORGEN IST EIN GROSSER TAG FÜR DIESE HILFLOSEN WESEN...
AM NÄCHSTEN TAG...
HALLO... BIST DU'S, HANS-PETER?... HÖR MAL, ICH HABE HEUTE MORGEN GAR KEINE ZEIT GEHABT, NACHZUSEHEN, WIE DIE TIERCHEN DIE STÄRKUNGSMITTEL UND VITAMINE VERTRAGEN HABEN...
UNSER NACHBAR HAT GESAGT, SIE GEDEIHEN PRÄCHTIG, BEVOR ER ZUM NORDPOL GEFAHREN IST... ACH JA, UND MAMA MÖCHTE AUCH MIT DIR REDEN, WENN SIE AUS IHRER OHNMACHT ERWACHT!
SERON '73
33

SCHLECHTER GESCHMACK

SPITZENWITZ ...

HMMPF...HMMPF!

CLING CLING CLING
PAF
OJE! DIE KACHELN HABEN ETWAS AB-BEKOMMEN!
WENN PAPA DAS SIEHT, DANN SETZT ES WAS!...
UND HOPP!... EIN TROPFEN SUPERSENSATIONSKLEBER, DER KLEBER FÜR DIE AXT IM HAUS, UND DIE SACHE HAT SICH ERLEDIGT!...
WAHRE KUNST AM BAU! ICH WETTE, NIEMAND SIEHT AUCH NUR DEN GERINGSTEN KRATZER!
AM NÄCHSTEN MORGEN...
ADALBERT! KINDER! DER KAFFEE IST FERTIG... BEEILT EUCH, SONST KOMMT IHR ZU SPÄT!...
SCHON GUT! BIN GLEICH DA!
WER HAT DIE ZAHNPASTA MIT DEM SEKUNDENKLEBER VERTAUSCHT? ANTWORTET!
KOMISCH...!? EUER VATER SINGT HEUTE GAR NICHT? OB ER WAS IM HALS HAT?
SERON '73
12

AB IN DIE ECKE!

DIE WESPENFALLE

ZU GÜTIG

GARTENLAUBE
ADALBERT, SCHATZ! ICH LANGWEILE MICH ZU TODE!... KANNST DU NICHT MAL MIT DEINER ZEITUNG AUF-HÖREN UND DICH UM MICH KÜMMERN...
MEINE FREUNDIN HELENE UND IHR MANN SPIELEN ABENDS ZUSAMMEN DAME ODER SCHACH. ODER SIE GEHEN GE-MEINSAM INS KINO... DENEN WIRD DIE ZEIT NICHT LANG ...
ADALBERT, DU MUSST ETWAS TUN! LAD DOCH EIN PAAR FREUNDE EIN, UND WIR MACHEN UNS EINEN SCHÖNEN ABEND ZUSAMMEN...
EIN PAAR FREUNDE EINLADEN... DAS IST WIRKLICH EINE PRIMA IDEE. ICH RUF SIE GLEICH AN!
OH! HÄTTE ICH DOCH BLOSS MEINE GROSSE...
GERDA, SCHÄTZCHEN! DAS WAR WIRKLICH EINE TOLLE IDEE VON DIR... EIN FANTASTI-SCHER ABEND! KANNST DU UNS EIN PAAR BROTE RICHTEN UND ETWAS BIER BRINGEN?!
HANS-HER-MANN, DU BRICHST MIR DAS HERZ...
HE! NICHT EIN-SAGEN! DAS GILT NICHT...
GARTENLAUBE
SERON '73
13

GEDULDSSPIEL

DIE HÄLFTE VOM VIERTEL EINES ACHTELS

DOLCE FAR NIENTE

WENN ICH DICH ERWISCHE...
GRMBLLL!
JETZT WERDEN SIE WOHL BEGRIFFEN HABEN, DASS ICH MEINE RUHE WILL!
?
ZOOUUUF
FLATCH
MEIN... MEIN GESICHT IST GANZ VOLL BLUT... ICH BIN SCHWER VERWUNDET...
ZU HILFE!... ICH KANN NICHTS MEHR SEHEN!
ABER NEIN, PAPA, DIR IST BLOSS EINE WEICHE BIRNE VOM BAUM INS GESICHT GEFALLEN...
EI... EI... EINE WEICHE BIRNE ?! HEHE!... IST JA LUSTIG! DA... DA HAB ICH MICH WOHL EIN BISSCHEN GETÄUSCHT! HEHE!
POC POC ?!
POC? POC? ?!!
TIMBER!
CRAA
UND DAS IST MEINE GUTE TAT FÜR HEUTE... JETZT KÖNNEN MEINEM LIEBEN PAPA KEINE FRÜCHTE MEHR AUF DEN KOPF FALLEN...
HIMMELNOCHMAL!

SCHÖN! ICH HABE VERSTANDEN: UM SICHER UND RUHIG ZU LEBEN – LEB WOANDERS...
20 MINUTEN SPÄTER...
SO! ETWAS SCHLIMMERES KANN MIR JETZT KAUM NOCH PASSIEREN!
PAPA! KOMM SCHNELL!
...
?
WAS IST DENN LOS?
DA!
MIAUUU!
DAS ARME TIER! JEMAND MUSS SIE HERUNTERHOLEN... TU DOCH ETWAS, PAPA!
LASST MICH NUR MACHEN, KINDERCHEN... LOHNT SICH NICHT, DIE FEUERWEHR ZU RUFEN... WÄHREND MEINER MILITÄRZEIT WAR ICH SEHR GUT IN DIESEM SPORT...
SCHAU NUR GUT ZU, MEIN SOHN... DANN KANNST DU'S SPÄTER AUCH EINMAL...
NICHT WEINEN, MUSCHMUSCH, DER GUTE PAPA MÜLLER HOLT DICH WIEDER RUNTER!
3

POF
HÉÉ!...
ICH SEH NICHTS MEHR...
HOO!
MIAU!
ARGL BLBL
AAAH!
!
SCHNURR
SCHNURR
SCHNURR
HALT AUS, PAPS... ICH HOL DICH DA HERUNTER!
WORAN ERINNERT MICH DIESE HALTUNG BLOSS...?
POC
POC
POC
POC
HALT DICH GUT FEST, PAPS... DAS FÄLLT UM!
SCHON WIEDER!
ARME MIEZEKATZE... IST DIR AUCH NICHTS PASSIERT? KOMM IN MEINE ARME, ICH PFLEGE DICH WIE MEINE PÜPPCHEN...
CRAC
AM ABEND...
ACH! DAS TUT GUT, WIEDER ZU HAUSE ZU SEIN... WAS ADALBERT WOHL ZU ESSEN VORBEREITET HAT?
HUHU! SCHÄTZCHEN! DA BIN ICH WIEDER... WAS GIBT ES DENN ZU ESSEN? ICH BIN VÖLLIG ERSCHÖPFT UND STERBE GLEICH VOR HUNGER...
ÖHH...

COMICS, DIE AKZENTE SETZEN:

Funnys bei Feest

Poetisch:
Die Abenteuer des Doktor Poche versprühen einen märchenhaften und phantastischen Charme und besitzen den gleichen Reiz wie die Geschichten um Peter Pan.

Frech:
Sophie, die kesse Göre, steckt ihre kleine Stupsnase immer wieder in Angelegenheiten, die eigentlich zu gefährlich für sie sind. Aber mit Witz und Raffinesse löst sie auch die größten Rätsel.

Gerecht:
Arthur Schultz, besser bekannt als Wachtmeister 212, kennt kein Pardon, wenn es darum geht, dem Gesetz zu seinem Recht zu verhelfen! Allerdings wird er dabei pausenlos von Reinfällen und Ausfällen begleitet.

Familiär:
Eine typische Durchschnittsfamilie, die aber manchmal doch durchs Raster fällt. Spritzig kommen sie daher, Adalbert und Gerda Müller sowie deren beiden Kinder Diane und Hans-Peter. Und wer sich bei *Boule&Bill* wohlfühlt, der sollte auch mal bei den Müllers anklopfen.

Klassisch:
Wie alles begann! Verfolgen Sie die ersten Schritte einer der beliebtesten Funny-Serien. In fünf Bänden edieren wir die frühen Abenteuer der *Minimenschen*, die Pierre Seron für das Magazin *Spirou* gestaltete.

Turbulent:
Danny, sein Hammer und Jana, der Hund – das „teuflische" Trio sorgt für ständigen Wirbel im Kinderzimmer. Ein Funny-Spaß für alle geplagten Eltern und die, die es werden wollen.

Rasant:
Jerry Jetson, der kleine, durch einen Blitzschlag zum Leben erweckte Spielzeugroboter kann ein geheimes Treffen hinterlistiger Schurken belauschen: 100 Millionäre und ihre kostbaren Sportwagen sind in höchster Gefahr.

Legendär:
Eine der berühmtesten und besten Comic-Serien in exquisiter Hardcover-Ausstattung. Die ausgewählten Abenteuer mit Suske, Wiske und dem unvergleichlichen Herrn Pankwitz sind mit Sicherheit das beste aus der Produktion Vandersteens.

Seemännisch:
Der Schrecken der sieben Weltmeere hißt die Segel! Und gerät prompt auf Kollissionskurs mit Old Nick. Packende Seefahrerabenteuer aus Schwarzbarts Logbuch.

ÜBERALL, WO ES BÜCHER GIBT!